Gustav Cohn

Die Börse und die Spekulation

Antigonos

Gustav Cohn

Die Börse und die Spekulation

Unveränderter Nachdruck der Originalausgabe von 1868.

1. Auflage 2024 | ISBN: 978-3-38614-979-2

Antigonos Verlag ist ein Imprint der Outlook Verlagsgesellschaft mbH.

Verlag: Outlook Verlag GmbH, Zeilweg 44, 60439 Frankfurt, Deutschland, info@outlook-verlag.de
Vertretungsberechtigt: E. Roepke, Zeilweg 44, 60439 Frankfurt, Deutschland
Druck: Libri Plureos GmbH, Friedensallee 273, 22763 Hamburg, Deutschland

Die Börse und die Spekulation.

Von

Dr. Gustav Cohn.

Berlin, 1868.

E. G. Lüderitz'sche Verlagsbuchhandlung.

A. Charisius.

Byrsa bedeutet bei den Griechen des Alterthums das abge=
zogene Fell, im Latein des Mittelalters einen ledernen Beutel;
Börse als Geldtasche und Versammlungsort der Kaufleute ent=
springt dem letzteren — nicht unmittelbar dem Griechischen.
Das Wort hat eine wunderliche Geschichte. In dem älte=
sten uns überlieferten deutschen Studentenliede — aus dem
funfzehnten Jahrhunderte — heißt es:

Und diese Bursenknechte sind die Bursche, die Studenten. Wer
darüber Näheres wissen will, der lese Grimm's Deutsches
Wörterbuch nach: genug Bursch und Börse sind von Einem
Stamme. — Die Zeit freilich hat die Stammverwandten
einander entfremdet: wir gedenken nicht des leidigen Geldes
und der dazu gehörigen Taschen; von jener andern Börse, die
sich heute allerorten so stattliche Räume baut, weiß der Bursch
noch viel weniger, und wollte er sich Belehrung holen bei sei=
nen Meistern, die Herren Professoren der Staats= und Kame=
ralwissenschaften wüßten nicht viel mehr davon als er selber.

Es ist aber vielleicht der Mühe werth, dem Gegenstande
einige Aufmerksamkeit zuzuwenden; die Zeitungen schon drän=
gen uns täglich die Börsenberichte, Kursanzeiger u. s. w. auf:

es mag Manchem erwünscht sein, darüber ins Klare zu kommen, welche Bedeutung denn jene Börsen haben, welchem Zwecke sie dienen. — In gar zu kurzen Worten ist die Erklärung allerdings nicht zu geben, und diejenigen, welche die öffentlichen Spielbanken und Lotterien damit vertheidigen, daß die größte Spielbank die Börse sei, sind doch ein wenig zu schnell mit dem Urtheil bei der Hand; — und wenn sie verlangen, erst dieses große Spielhaus müsse unterdrückt werden, ehe man die kleinen schließe, so sollten sie füglich sich zuvor mit dem Wesen jenes Börsenspiels etwas vertraut machen; ob sie alsdann einen sonderlich höheren Begriff von dem Heer der Börsenspekulanten bekommen möchten, das wagen wir nicht zu sagen; aber mit ihren Vorschlägen werden sie vielleicht ein wenig zurückhaltender sein.

Es entzieht sich unserer Aufgabe, von den Börsen im Allgemeinen zu sprechen — nur die eigenthümliche Gestaltung derselben, welche vornehmlich in unserer Zeit der Handel mit Werthpapieren und ähnlichen Gegenständen hervorgebracht hat, und die Erscheinungen, welche sich daran knüpfen, haben wir hier zu betrachten.

Alle Werthpapiere sind entweder Schuldscheine für eine dargeliehene Summe Geldes, und das Vertrauen in deren Rückzahlung neben dem inzwischen gewährten Zinsgenuß bestimmen die Höhe ihres Werthes, — oder sie sind Antheilscheine eines Unternehmens, und hier wird die Ergiebigkeit und Dauer desselben der Maßstab der Schätzung. Der ersteren Kategorie gehören alle Staatsanleihen, städtische Anleihen, Kreisobligationen, Rentenbriefe, Pfandbriefe, Eisenbahnobligationen an; der zweiten alle Aktien, also Eisenbahn=, Bank=, Bergwerksantheile u. s. w. Bei den ersteren wird das Zahlungsversprechen des Staates, der Gemeinde, des Kreises

Gegenstand des Vertrauens, oder auch der Grundbesitz, die Eisenbahn u. dgl. zur Verbürgung der Rückzahlung und der Zinsen verpfändet; bei den letzteren wird die Theilnahme an einem industriellen Unternehmen, wie einer Bank, einer Eisenbahn, einem Bergwerk, eröffnet, und durch Zahlung eines bestimmten Antheils an dem dazu nöthigen Kapital erlangt man einen bestimmten Antheil an den sich ergebenden Erträgen des Betriebes.

Die Entwicklung der Industrie und des Krebits hat nun in unserer Zeit eine mannichfaltige Menge von allen diesen Papieren geschaffen, und wer ein Geldkapital auf Zinsen ausleihen oder in einem Aktien=Unternehmen anlegen will, hat die Auswahl unter der ganzen Zahl derselben. Der eine mag die größere Sicherheit betonen und dafür mit einem bescheidenen Zinsgenuß zufrieden sein; der andere wieder wird dem höheren Ertrage die ängstliche Besorgniß um die Anlage opfern; dieser wird um des hohen Zinses willen gern sein Geld der Union von Nordamerika leihen, jener will seine Habe nicht aus dem Vaterlande und nicht aus den Augen lassen. Manche möchten nun und nimmermehr einer Eisenbahn ihr Geld hergeben, andere sind zu jedem neuen Projekt bereit, das ihnen hohen Gewinn verspricht. Und innerhalb dieser verschiedenen Richtungen treten wiederum die abweichenden Urtheile und Neigungen hervor, welche jedem einzelnen Werthpapiere im Hinblick auf alle etwa einflußreichen Momente eine wechselnde, unter einander keineswegs einhellige Schätzung entgegenhalten: hier werden gewisse Umstände für indifferent gehalten, die dort schwer ins Gewicht fallen; Sympathien und Antipathien mögen dem Krebite dieses oder jenes Staates oder Unternehmens sehr verschiedene Meinungen erzeugen — und das weite Feld der Vermuthungen und Erwartungen künftiger Ereignisse obenein! Je mehr man durchdrungen ist von den vielfältigen

Täuschungen, denen unser Erkennen unterworfen ist, je will⸗
kürlicher jeweilig aus diesen oder jenen Anzeichen auf Anderes,
das ist oder sein wird, geschlossen wird: um so größer müssen
die Schwankungen aller jener Schätzungen sein, einem Meere
vergleichbar, auf dessen Oberfläche unabläſſig die Wellen Höhen
und Tiefen hervorbringen. —

Das Vielerlei der Meinungen aber wird gesammelt, wird
vereinigt in einem Mittelpunkte, der Börse. Hier treffen
die Anschauungen und die Neigungen zum Kauf oder Ver⸗
kauf jedes Werthpapiers wie in einem Brennpunkte zusam⸗
men; für jedes Papier giebt es hier Käufer, für jedes
Verkäufer; das Niveau, welches die Beständigkeit und Dauer
des Verkehrs für die Schätzung derselben hergestellt haben
mag, bleibt den täglichen Stößen der Ereignisse unterworfen,
welche jene Schätzung ändern; die gesammte Menge der Papiere
aber mag durch einen Zufluß oder Abfluß von Geldkapitalien
im Kurse steigen oder sinken. Der Papierhandel ist nur der
Vermittler aller derer, welche sich hieran betheiligen; wie aller
Handel, sucht er einem später eintretenden Bedürfniß zuvorzu⸗
kommen; er kauft, sobald er erwartet, daß gekauft werden
wird; er verkauft, sobald er auf überwiegende Verkaufsluft
rechnet. Zum Anhalt für diese Erwägungen dienen ihm ge⸗
wisse Anzeichen, Thatsachen, die jene erwarteten im Gefolge
haben mögen: aus gegenwärtigem Bekanntem schließt er auf
zukünftiges Unbekanntes, zukünftig wenigstens für sein Erkennen,
oder doch nicht gegenwärtig — das aber ist die Spekula⸗
tion; und vielleicht nehmen es die Philosophen nicht übel, wenn
auch ihr Spekuliren mit dieser Definition abgefunden wird. —
Im wirthschaftlichen Leben jedenfalls bedeutet Spekulation alle
Berechnung kommender Erscheinungen und Zustände, die nicht
bekannt, deren Eintreten ungewiß ist, — aus dem, was im ge⸗

gebenen Moment erkennbar ist. — Für den Ausfall der Ernte mag etwa ein milder Winter ein günstiges Anzeichen sein; die Spekulation mag hieraus auf Ueberfluß an Korn, also auf niedrigere Preise rechnen; sie wird dahin wirken, daß der Vorrath des vorhandenen Getreides, soweit er über das Bedürfniß des Sommers hinausreicht, minder sparsam gehütet, der Preis schon jetzt ermäßigt werde. Umgekehrt erregt vielleicht ein Nachtfrost im Mai die ernstesten Befürchtungen; die Speicher werden spärlicher für das gegenwärtige Bedürfniß geöffnet, und der gestiegene Preis gebietet, sich auf ein mageres Erntejahr gefaßt zu machen. In beiden Fällen, dort wie hier, ist die Täuschung möglich, um so wahrscheinlicher, je einseitiger die Indicien des Kommenden gewürdigt werden — aber es handelt sich eben darum, eine breitere Grundlage der Erfahrung und einen erweiterten Kreis der Urtheile zu schaffen, damit die Spekulation sich so wenig täusche, als eben möglich. So gut nun, wie es von hoher volkswirthschaftlicher Bedeutung ist, daß Ueberfluß und Mangel der Ernten durch den Ueberblick der kaufmännischen Berechnung auf die verschiedenen Jahre und Länder vertheilt werde; eben so wichtig, wenn auch der Nutzen minder handgreiflich, ist die angemessene Vertheilung der Leihkapitalien über die verschiedenen Gewerbzweige und Konsumtionen, über die Staaten und die Zeiten.

Die wirthschaftlichen Anschauungen unseres Jahrhunderts verstehen nicht mehr die Beweggründe, welche Friedrich den Großen bestimmten, die ersten Vorschläge zu einem Pfandbrief-Institute zurückzuweisen: er wandte ein, wenn man die Schuldscheine für den Grundkredit verkäuflich mache, so würden sie ins Ausland gehen und jährlich eine Menge Zins verlangen, die dann der Staat verlöre. Wie wir heute auf einer Tafel die Gewürze der Tropen, den Wein von Spanien und Frankreich, den

Caviar von Rußland mit dem Brot und Fleische aus dem Vaterlande verbinden; so vereint die Chatoulle eines Kapitalisten leicht die buntbedruckten Anleihescheine der Vereinigten Staaten und die Obligationen italienischer Eisenbahnen mit den Staatsschuldscheinen und Prämien-Anleihen der Heimath. Innerhalb vernünftiger Grenzen ist diese kosmopolitische Verbindung zum Austausche der Kapitale wie der Produkte eine respektable Thatsache der Gegenwart, ein Moment im Werke des Weltfriedens, dessen Ziel am Ende aller Dinge liegen mag, das aber darum nicht weniger gegenwärtig ist der Sehnsucht aller guten Menschen. — Es mögen manche Disharmonien entstehen zwischen dem Streben des Kapitals, das seine beste Verwendung sucht, und einem jeweiligen Interesse des Staats, dessen Bürger jene Kapitalisten sind — in wohlregierten Staaten freilich selten. Ein tüchtig verwaltetes Finanzwesen braucht nicht um das Vertrauen der Unterthanen zu betteln oder mit Gewalt einzuschreiten; der schlechte Haushalter aber mag darin die Folgen der Mißwirthschaft erleben. — Im Augenblicke der Noth wird solche Einsicht freilich den Staat nicht retten, und neuer Unfug muß alten sühnen. — England hat ruhig sein Kapital auf das Festland wandern sehen, um Eisenbahnen zu bauen, Fabriken anzulegen, andern Regierungen Anlehen zu leisten, und beständig sucht englisches Kapital diesen Weg, um bessern Ertrag zu suchen, als die sicherere, aber minder ergiebige Anlage in der Heimath gestattet. In Holland liegt ein großer Theil ausländischer Staatsanleihen, namentlich derer von Oesterreich. In Deutschland verband sich zur Zeit des letzten Nordamerikanischen Krieges mit der Sympathie für den Norden der Ankauf von vielen Millionen Dollars seiner Anleihen; niemals ist Theilnahme am Unglück besser gelohnt worden; der Kurs jener Anleihen stieg, als der Sieg entschieden war, in wenigen Wochen auf das Doppelte. — England findet einen Erſatz für die ins Ausland geliehenen Kapitalien an dem Zufluß der oft gewaltigen Summen, die lichtſcheu vom Con-tinent hinüberfliehen und ſich bergen für die Tage der Stürme in dem Hort ſeiner Königlichen Bank.

Alles das zuſammen ein beſtändiges Herüber- und Hin-überſtrömen, zeitweiſe ruhig und langſam in gleichmäßiger Be-wegung, dann plötzlich in heftigeren Stößen und krampfhaften Zuckungen, je nach den bedingenden Thatſachen, welche im öko-nomiſchen und politiſchen Leben der Völker ſich vollziehen; hier auf der Warte zu ſtehen, die Signale zu begreifen, entſchloſ-ſen zu handeln: das iſt die Aufgabe der Börſen. Dieſe Auf-gabe iſt keine leichte, und wenn wir die intellektuellen Voraus-ſetzungen derſelben uns vergegenwärtigen und ſolchen An-ſprüchen die Perſönlichkeiten gegenüberſtellen, welche wir etwa kennen als Große der Börſe — ſo werden wir uns vielleicht eines gelinden Kopfſchüttelns nicht zu erwehren vermögen. Was bedeutet es nicht, das unabſehbare Gewirre der zuſammengrei-fenden Fäden aller der Thatſachen, Verhältniſſe, Stimmungen zu überblicken, die hier in Frage kommen; welche kaum ge-ahnten Folgen mag nicht irgend ein ſcheinbar geringfügiges Ereigniß haben, das im Laufe der politiſchen Vorgänge ans Licht tritt; wie täuſchen ſich nicht ſelbſt große Staatsmänner über das Kommende — und das ſollten die Männer der Börſe bewältigen, ſie ſollten alle das verſtehen und auf dieſes Ver-ſtändniß ihre Spekulationen gründen! Oder iſt es nicht viel-mehr das blinde Ungefähr, das ſie leitet, beſtenfalls ein In-ſtinkt? — Die Antwort hierauf iſt ſchwer: vielleicht iſt es hier richtig, „was Einer nicht weiß, wiſſen Viele" — der Eigennutz verleiht einen Scharfblick, der jedes günſtige Mo-ment herauszuſpüren weiß; verbinden ſich nun hierin Tauſende, die wiederum andere Tausende in entgegengesetztem Interesse gegenüber haben, so mag jeder Umstand, jedes Anzeichen ausgebeutet und mehr oder minder sicher für den Gang der Werthverhältnisse bestimmend werden. Die Aufregungen außerordentlicher Zeiten sind nicht stets an der Tagesordnung; es giebt lange Perioden, in denen eine ruhigere, weniger leidenschaftliche Erwägung der Zustände möglich ist, wo eingreifende Staatsaktionen ruhen und die festere Gewohnheit der rein wirthschaftlichen Betrachtungen ohne jene Störungen wirksam ist, um die Kapitalien dort abzuleiten, dort zuzuführen. —

Ein höchst bedeutsames Mittel hat unabhängig von der Intelligenz der heutige Papierhandel vor früheren Menschenaltern voraus: das ist der Telegraph. Dieser bewirkt, daß alles, was überhaupt gewußt wird, gleichviel, an welchem Ende der Welt, auch an jedem andern Punkte zugleich — wenige Stunden nur liegen dazwischen — aufgefaßt und gewürdigt werde. Dieses gemeinsame Wissen verbindet nicht blos Stadt und Stadt, Land und Land, Erdtheil und Erdtheil; es ist auch ein gemeinsames Wissen aller Betheiligten an jedem einzelnen Orte. Die geheimen Boten, die vor Zeiten dem Börsenspekulanten — oft einem recht hoch gestellten — eine Kunde brachten, deren Alleinbesitz ihm auf ein oder mehrere Tage die andern in die Hand gab, jene Boten kommen nicht mehr; das Telegramm gelangt an alle, oder doch an so viele, daß eine Ausbeutung anderer schwer, immer weniger möglich wird. Es mögen noch Fälle vorkommen, wo eine Nachricht von einem Einzigen genützt wird, ehe sie den andern bekannt wird, und in Paris speziell sollen noch heute scandalöse Dinge derart passiren; aber sie sind selten geworden im Vergleich zu früheren Zeiten; derselben Nachricht harren viele Ohren und dieselbe Nachricht

tragen viele Drähte nach allen Enden weiter. Wie viele ver=
mochten denn auch sonst die Kosten einer Estafette zu tragen
— und heute kostet in ganz Deutschland eine Depesche irgend=
wohin kaum über einen halben Thaler, in Frankreich, England
gar nur wenige Silbergroschen; auch die internationalen Sätze
werden allmälig ermäßigt und selbst nach den Vereinigten Staa=
ten hin wird es mit der Zeit mildere Bedingungen geben. —

Es ist der Telegraph ganz besonders, der eine Form des Han=
dels befördert hat, die öfter genannt als gekannt wird — nämlich
die Differenzgeschäfte. Man hat ganz richtig bemerkt, wie
sie bei den heutigen Spekulationen der Börsen in den Vorder=
grund treten; man ist aber zu weit gegangen, wenn man Dif=
ferenzgeschäfte und Spekulation identifizirt hat. Wir brauchen
nicht zur Bestimmung des Wesens der Spekulation gesagtes
zu wiederholen; es ist aber wohl angemessen, uns über Natur
und Charakter der Differenzgeschäfte etwas näher zu verstän=
digen.

Es beruht auf den natürlichen Grundlagen des Verkehrs,
daß man oft ein Gut kauft, welches im Augenblicke des Kaufes
noch nicht zur Stelle ist, sei es nun unterwegs, oder liege es
an einem andern Orte und müsse von dorther erst bestellt wer=
den, oder sei es gar erst fertig zu stellen — es mag ebenso=
wohl eine unterwegs befindliche Schiffsladung, als eine an=
derswo lagernde Menge Waaren, oder ein erst herzurichtendes
Fabrikat, zu dem selbst die Rohmaterialien erst zu erwerben
sind, gekauft und verkauft werden. Die öffentlichen Lieferungen
an Lebensmitteln, Bauholz u. dgl. sind ein Beispiel dafür, das
sich täglich wiederholt: ein Unternehmer oder eine Gesellschaft
von Unternehmern verpflichtet sich, zu gegebenen Terminen eine
Quantität Getreide u. dgl. zu liefern zu verabredetem Preise, ohne
andere Basis ihrer Zusage, als die Erwartung die zu liefern=

den Waaren zur rechten Zeit zu angemessenem Preise selber erwerben zu können, um damit die Verpflichtung zu erfüllen; es kommt wenig darauf an, ob der Unternehmer das, was er zu liefern verspricht, schon besitzt in dem Momente, wo er es zusagt — die Hauptsache ist, daß er richtig rechnet und daß die Voraussetzungen seiner Offerte hinterher eintreffen. Die Lieferungsverträge dieser Art werden nothwendig sehr mannichfaltig sein, nach den Gegenständen und deren Eigenschaften, nach der Zeit der Lieferung, dem Strafgeld der Versäumniß u. dgl. m. Denken wir uns nun aber, daß sich in regelmäßiger Wiederkehr auf einem gegebenen Punkte den Lieferungsverträgen stets dieselbe Waare, unter gleichen Bedingungen der Frist, der Qualität u. s. w. unterbreite, daß nicht mehr die Mannichfaltigkeit der jeweiligen Umstände einen jedesmal eigenthümlichen Vertrag mit eigenthümlichen Anforderungen im besondern Falle hervorbringe — daß vielmehr alle Bedingungen stereotyp werden bis auf die Eine, den Preis; so haben wir das sogenannte Zeit= oder Termingeschäft, und wie sich hieran unmittelbar das Differenzgeschäft knüpft, werden wir sogleich sehen. Jeder, der einmal in die Lage gekommen, einen Lieferungsvertrag abzuschließen, wird das Unbehagen der vielerlei Bedingungen und die hinterher gar hervortretende Lückenhaftigkeit derselben erfahren haben; das Zeitgeschäft beseitigt diese Mühe, indem es sich durch die einmal erworbene Einsicht in die nothwendigen Paragraphen des Vertrages ein feststehendes allgemeingültiges Schema geschaffen, in dem ein für allemal die entsprechenden Bedingungen festgestellt sind. Hier ist im Vorwege alles erledigt bis auf die stets wechselnde Ziffer des Preises, des Kurses — und auf diese allein richtet sich die Unterhandlung beim Abschluß eines Vertrages. Es ist klar, daß man nicht jede beliebige Waare in solch ein

Schema bringen kann: es ist nöthig, daß ein Quantum das andere von derselben Gattung vertritt; das ist zum Beispiel nicht der Fall mit einem Hause oder einem Pferde; ein Haus, drei Pferde mögen einen ganz andern Werth haben, als ein anderes Haus, als andere drei Pferde. Dagegen treffen jene Voraussetzungen zu bei den Werthpapieren; ein kurmärkischer Rentenbrief von tausend Thalern ist an Werthe vollkommen gleich jedem andern kurmärkischen Rentenbriefe derselben Höhe; hundert Thaler in der zu fünf Prozent verzinslichen Anleihe des preußischen Staats sind jeden andern hundert Thalern dieser selben Anleihe gleich. — Aehnlich verhält es sich mit dem Korn, dem Mehl, dem Spiritus und einigen andern Produkten. Völlig identisch wird freilich niemals der Werth zweier gleicher Quantitäten Roggen sein, aber es ist wenigstens annähernd möglich, durch gewisse Bedingungen im Vorwege eine leibliche Gleichheit desselben herbeizuführen.

Diese Eigenschaft der so wichtigen Erzeugnisse der Landwirthschaft jedes europäischen Landes trifft nun zusammen mit ihrer außerordentlich schwankenden Reichlichkeit; ihre Hervorbringung ist zum großen Theile der Natur unterworfen, und die Erträge der einzelnen Jahre weichen gar sehr von einander ab. Es kommt darauf an, das, was die Jahre einmal hervorgebracht, entsprechend zu vertheilen, damit Milde und Strenge des Himmels ausgeglichen, Vergeudung des Ueberflusses sowohl als Entbehrung und Darben verhütet werde. — Korn ist das gemeinsame Hauptnahrungsmittel fast aller Völker europäischer Gesittung; der wachsende Verkehr dieser Völker ermöglicht einen gegenseitigen Austausch in beständig zunehmendem Maße; die Mißernte des einen Landes mag, wo nicht Ersatz, doch Hülfe finden in dem andern. Hiermit ist eine ununterbrochene Verkettung der Interessen, eine fort-

während Mittheilung von Thatsachen und Erwartungen, Be=
fürchtungen und Hoffnungen, untereinander gegeben; die Tele=
graphen verrichten hierbei den täglichen Dienst. Wenn wir
in einer Zeitung die Börsendepeschen nachlesen, so finden wir
regelmäßig neben den Kursen der Papiere die Preise des
Korns, Mehls u. s. w., bei diesen meist auch die Windrich=
tung und das Wetter, angegeben. Beide Arten von Depeschen
suchen ihre Vertretung in den Geschäften der Börse. Den
oft in einer Stunde mehrmals sich ablösenden Botschaften der
Telegraphen würde es nun kaum genügen, daß zu jedem be=
sondern Abschlusse eine längere Besprechung und Verhandlung
über die mancherlei Bedingungen vorgenommen würde, noch
weniger sind die Geschäfte, welche aus Anlaß jedes Telegramms
geschlossen werden, auf die gerade bereit liegenden Papiere
oder Waaren zu beschränken: schnell, wie der elektrische Funke
springt, drängen die Geschäfte zum Vollzuge. Die Staats=
papiere, die zu verkaufen ich mich auf eine Depesche hin ent=
schließe, mögen in London liegen oder mögen verpfändet sein.
Das Korn mag von New=York unterwegs sein; die Ankunft mag
am Ende verzögert werden. Möglich, daß die Ladung auf
See verloren geht und ich keine Waare zum Termin liefern
kann, daß ich es vorziehe, statt andere kommen zu lassen, ein
gleiches Quantum auf den gleichen Termin zu kaufen, meinem
Käufer dieses zu überweisen und mich mit ihm lediglich über
die Differenz der Preise, dessen, zu dem er von mir gekauft,
und des andern, zu dem ihm von mir geliefert worden ist, —
auseinanderzusetzen. — Da sind wir aber unversehens in ein
Differenzgeschäft hineingerathen; ich habe nicht die versprochene
Waare geliefert, sondern nur eine Differenz gezahlt oder erhalten.

Was bedeutet denn überhaupt ein Differenzgeschäft? Das
preußische Obertribunal antwortet darauf: „Reine Differenz=

geschäfte sind solche, bei welchen das Kaufgeschäft nur die Form, die Gewinnung der Differenz aber das Wesen und der einzige Zweck des Geschäfts ist, wobei also auf die Differenz zwischen Schluß und Verfalltag spekulirt wird." Wie, wenn wir hinzufügten, bei allem Handel ist das Kaufgeschäft nur die Form, die Gewinnung der Differenz aber das Wesen und der einzige Zweck des Geschäfts; dem Juristen wird das vielleicht gewagt erscheinen, umsoweniger dem Nationalökonomen. Jeder=mann weiß, ein Kaufmann ist derjenige, welcher kauft, um zu verkaufen, und der das zum Gewerbe macht; er sucht darin seinen Gewinn, er muß also niedrig kaufen und hoch verkaufen. Kein Kaufmann handelt anders; alle seine Berechnungen richten sich darauf, wie er möglichst niedrig seine Waare anzuschaffen, oder wie er sie möglichst hoch abzusetzen vermöge. Es ist eine segensreiche Thatsache, daß der Wetteifer aller einzelnen in diesem Bestreben dem Ganzen zu Gute kommt — wenigstens in der Regel; aber der wesentliche Inhalt des kaufmännischen Thun's bleibt: billig kaufen und theuer verkaufen.

Es ist keine Frage, daß hiermit die Schattenseiten dieses Standes zusammenhängen. Freilich will jede andere wirthschaft=liche Thätigkeit einen möglichst hohen Lohn, so gut wie jene; aber es verbindet sich damit regelmäßig eine handgreifliche Lei=stung, ein Handwerk, eine Kunst: der Landwirth, der Fabrikant, der Tischler, der Schuster, sie alle bringen etwas hervor, das sie ihr Erzeugniß nennen, sie sprechen sich eine Art von Vaterschaft zu — mit Stolz zeigt wohl ein Gutsherr auf die Pferde, die er gezüchtet, ein Goldschmied gar auf einen Schmuck, den er gearbeitet. Anders der Kaufmann: je schneller er die Waare „umsetzt", umsomehr dient es seinem Zwecke, und wenn er einen Stolz auf ein eignes Erzeugniß gleich jenen andern Ge=werbtreibenden hat, so ist es der wohlgefällige Blick auf die

Zahlen seines Hauptbuchs, wenn sie am Jahresschlusse ihm sagen: du hast billig gekauft und hoch verkauft. —

Und so mag ein gut Stück des Odiums, das auf den „Differenzgeschäften" lastet, dem Handel überhaupt zukommen; das wolle man erwägen. Gewiß aber ist es unstatthaft, die Differenzgeschäfte mit der Wette oder dem Spiel zusammenzuwerfen, und zwar deßhalb unstatthaft, weil Wette und Spiel der wirthschaftlichen Arbeit fremd gegenüberstehen und unvermittelt neben dem industriellen Leben herlaufen, während jedes Geschäft der Börse, gleichviel in welcher Form es erscheint, unmittelbar eingreift in den Verkehr. Das Spiel veranstaltet Zufälle, die dem einen nehmen, was sie dem andern geben, während die Spekulation umgekehrt die Zufälle, die im wirthschaftlichen Leben störend hereinzubrechen pflegen, aufzuheben tendirt, indem sie ihr Eintreten vorher berechnet. Die Wette hat ihr Charakteristisches, mit dem Spiel verglichen, in dem intellektuellen Moment, in dem Wissen oder vielmehr der Meinung, vielleicht Ueberzeugung von einer nicht veranstalteten, sondern unabhängig sich erzeugenden Thatsache, mag diese der Vergangenheit oder der Zukunft angehören. Spiel und Wette aber befinden sich in gemeinsamem Gegensatze zur Arbeit, zu welcher begriffsmäßig ein Aufwand von Mühe gehört; sie haben beide nichts zu thun mit der erwerbenden Thätigkeit der Gesellschaft. Wie aber die Spekulation, insonderheit vermöge der Formen, welche sie im Börsenhandel annimmt, produktiv in die Volkswirthschaft eingreift und wie das speziell durch die Differenzgeschäfte geschieht — das wollen wir, so kurz als möglich, erläutern.

Es ist klar, daß jedes Gut dort am wünschenswerthesten ist, wo es das stärkste Bedürfniß befriedigt, wo es den höchsten Werth hat. Der Handel, dessen spekulativer Blick diese

Punkte in Zeit und Ort auffucht, weil was den höchften Werth
hat, auch am beften bezahlt wird — führt, von der Spekula=
tion geleitet, das Gut dahin, wo es bringender begehrt wird,
und holt es von dort her, wo es minder geschätzt wird. Diese
Thätigkeit mag zwischen Provinz und Provinz, Land und
Land vermitteln, oder zwischen Monat und Monat, Jahr und
Jahr. Wir haben nun oben gesehen, wie für den Verkehr
mit Werthpapieren sowie mit Getreide und ähnlichen Produk=
ten, sich die Form des Zeitgeschäfts eingeftellt hat und jener
Spekulation dienftbar wird. Wir dürfen auch an das vorhin
gegebene Beispiel anknüpfen, welches den unmittelbaren Zu=
sammenhang des Differenzgeschäfts mit dem Lieferungsgeschäft
in jener Form darzulegen beftimmt war. — Wir fügen hinzu,
äußerlich erfaßbare Differenzgeschäfte, derart wie sie jenes Ur=
theil des Königlichen Ober=Tribunals definirt, giebt es über=
haupt nicht: alle Zeitgeschäfte werden auf wirkliche Lieferung
geschlossen, und nur auf diesem Grunde entftehen die Differenz=
geschäfte; sei das nun spontan, wie in jenem Beispiel, oder von
vornherein beabfichtigt: — jedenfalls ift für die juriftischen An=
forderungen des erwähnten Urtheils nichts Adäquates an den
thatsächlichen Erscheinungen feftzuftellen. Es kommt aber darauf
auch gar nicht an; wäre selbft das „reine Differenzgeschäft" in
jenem Sinne zu erfaffen, es würde sich zu vertheidigen wiffen.
Man ftelle sich vor, die Abficht, niemals die auf Lieferung ge=
kaufte Waare wirklich zu befitzen, sei in einem gegebenen Falle
erwiesen — wie sie von dem Richter in der That nicht zu er=
weisen ift — es kaufe einer Papiere oder Korn auf Zeit in
der Abficht, vor dem Lieferungstermin einen entsprechenden
Verkauf zu bewirken, der ihm eine Gewinndifferenz gegen den
Kauf abwerfe, — oder umgekehrt es verkaufe einer und erwarte,
das Verkaufte später billiger zu kaufen und auf diese Weise eine

Differenz zu gewinnen: im ersteren Falle wird à la hausse, wie man es nennt, im zweiten à la baisse spekulirt; der Spekulant sei gar nicht bemittelt genug, um zum Termine die Summe für das ihm zu liefernde zu bezahlen, er habe überhaupt niemals mit den Papieren oder den Waaren selbst etwas zu thun: so mag er trotz alledem in eben so berechtigter, weil nützlicher, Weise auf die Bewegung der Preise wirken wie irgend ein anderer Kaufmann, der die Speicher mit Waaren gefüllt oder die Schränke voll Papieren hat. Jeder Kauf und jeder Verkauf übt dieselbe Wirkung auf den Gang der Preise aus, gleichviel, ob der Käufer, der Verkäufer ein Differenzgeschäft machen will oder nicht. Wie bereits erwähnt, im Grunde handelt es sich für jeden Kaufmann nur um die Differenz, und erst wenn nachgewiesen wäre, daß die eigentlich oder im engeren Sinne auf Differenzen Spekulirenden schlechter spekuliren als die andern, die man ihnen oft als wahre Kaufleute entgegenhält: dann, aber nur dann, dürfte man sie von dem Anspruch auf Produktivität eher ausschließen als jene. Bisher hat nun keiner das nachgewiesen und es bleibt vorläufig unentschieden, wer nützlicher ist. Die Entscheidung wäre freilich zunächst nur für bestimmte Umstände, für eine bestimmte Börse zu liefern; und an sich wäre es da gar nicht unmöglich, daß unter gegebenen Verhältnissen die kapitallose Intelligenz der Differenz-Spekulanten weitaus die spekulativen Leistungen der andern überträfe. Korn heranbringen und Korn aufspeichern, das kann jeder Schiffer, jeder Sackträger, wenn es einmal bezahlt ist: aber ihm den rechten Werth bestimmen, die kommenden Preise herrannahen sehen und die Dinge danach einrichten: das ist die Frucht einer eigenthümlichen Einsicht und Direction. —

Wir möchten nun nicht behaupten, daß jene Möglichkeit gerade irgendwo verwirklicht ist; aber wir besitzen einige in dieser

Richtung höchst beachtenswerthe Ergebnisse, die hier wohl her-
vorgehoben werden dürfen, obschon sich einige statistische Ziffern
dabei nicht vermeiden lassen. — An dem Getreidehandel der
Berliner Börse betheiligen sich gegenwärtig etwa zweihundert
verschiedene Firmen, von denen achtzig notorisch nichts mit dem
Korn selber zu thun haben und es nur auf dem Papier sehen;
die andern hundert und zwanzig beschäftigen sich zwar gelegent-
lich mit Heranbringung, Kauf, Verkauf oder Fortschaffung der
Waare, ihr Hauptgeschäft aber sind Differenzgeschäfte in Korn,
theils für ihre eigene Rechnung theils für auswärtige Auftrag-
geber; unter den ganzen hundert und zwanzig giebt es nur
wenige Ausnahmen solcher, die lediglich mit der Waare zu thun
haben und gar keine Differenzgeschäfte machen. Dieser Stel-
lung der persönlichen Verhältnisse entspricht die Thatsache, daß
nach ungefährer Schätzung etwa zur Höhe von zwei Millionen
Wispeln Roggen in jedem Jahre Differenzgeschäfte geschlossen
und abgewickelt werden, während kaum hunderttausend
Wispel im Durchschnitt jährlich nach Berlin kommen; das Ver-
hältniß der Differenzgeschäfte zu dem Quantum der effektiven
Waare ist etwa wie Zwanzig zu Eins; und jene Schätzung ist
eine sehr mäßige und ruht auf guten Grundlagen. Jene Pro-
portion war aber nicht immer eine so hohe; sie ist das erst im
Laufe des letzten Jahrzehnts geworden: die Entwickelung der
Differenzgeschäfte in Korn ist in Berlin überhaupt kaum viel
älter als zwanzig Jahre. Ist es nun aber nicht ein frappiren-
des, den sonstigen Ansichten stracks zuwiderlaufendes Ergebniß,
daß eben während dieses letzten Jahrzehnts, in dem die Differenzgeschäfte hier einen vielfach so anstößigen Aufschwung ge-
nommen, die Preisschwankungen des Getreides geringer geworden sind, mit andern Worten, daß die Spekulation produktiver
geworden ist? Eine statistische Untersuchung hat ergeben, daß

der Unterschied zwischen den Spekulationspreisen, die ein Halb=
jahr vorher bezahlt sind, und den wirklich hinterher zum Ter=
min eingetretenen, in den Jahren 1859 bis 1867 wenig über
zehn Procent des letzteren Preises betragen hat, während er in
den vorangehenden Jahren von 1850 bis 1858 über vierzehn
Procent betrug. Mit andern Worten: in letzterem Zeitraum hat
man sich, wenn man im Frühjahr für den im Herbst zu liefern=
den Roggen funfzig Thaler bezahlte, durchschnittlich um sieben
Thaler geirrt, der Preis im Herbst wurde 43 oder 57 Thaler;
in jenem Zeitraum dagegen entsprechend nur um fünf Thaler,
der Preis wurde 45 oder 55 Thaler. — Mit diesen Zahlen
ist vielleicht manch Räsonnement über die Wirkung der Diffe=
renzgeschäfte erledigt.

Sind wir nun aber schon am Ende und dürfen wir, in
ökonomische Harmonien gewiegt, unsere Fragen verabschieden
und behaupten, was jemals wider Börse und Spekulation ge=
sagt ist, sei eitel Thorheit und Verblendung? Es muß doch
wohl etwas dahinter sein, wenn eine Meinung im Leben und
in der Lehre mit solcher Entschiedenheit auftritt, wie es in
diesem Falle seit Jahrhunderten unerschütterlich bis zur heutigen
Stunde geschieht; wenn nicht blos das Gefühl der Menge, das
Dafürhalten des gebildeten Publikums, sondern auch das Urtheil
der Gelehrten, in deren Gebiet diese Betrachtungen gehören,
mögen sie sonst völlig freier Bewegung im wirthschaftlichen
Leben zugethan sein, wider die Spekulation der Börse sich laut
erklärt und in Uebereinstimmung mit der Regierung Verbote
oder Strafen will, die jenes Wesen zu unterdrücken bestimmt
sind. Ja, sollte hier nicht selbst die laute Polemik der Socia=
listen einen wunden Punkt treffen, der ein wirkliches Symptom
krankhafter Zustände in der Verfassung unserer Gesellschaft ist?

Ein neuerer französischer National-Oekonom macht zum Motto seines Lehrbuchs die Worte Hiob's: „l'homme naît pour le travail" und verwandelt damit den Stoßseufzer des armen Geplagten „der Mensch wird zum Leiden geboren" in ein großes Schlagwort zur gelegentlichen Verwendung für pathetische Bedürfnisse seiner Landsgenossen. Ihm scheint nicht gegenwärtig zu sein, daß „travail" so wie „Arbeit" in der Sprache früherer Jahrhunderte die Qual, die Mühe bedeutet. Der Sinn, den unsere Zeit ihnen beilegt, ist erst auf jenem Grunde erwachsen und dieser Zusammenhang besteht noch ungetrennt fort und soll ferner fortbestehen. Hat eine gestiegene Gesittigung den Begriff der Arbeit durch die Einfügung eines edleren Moments erweitert, so zeigen die Erscheinungen der Gegenwart doch noch weithin, wie die Mühe der Arbeit gemieden, jener Fluch des ersten Menschenpaares noch heute als Fluch gilt. Und diejenigen, auf denen schwer die Mühsal des täglichen Broterwerbs lastet, die am Webstuhl des Elends kauern ihr Leben lang, um dürftig ein trauriges Dasein zu fristen — wie sollten sie anders die Arbeit kennen denn als Qual und Plage? Wie sollte der Segen der Arbeit hier gefühlt werden, wo sie in unabläßiger Drangsal als Dienerin der harten Nothwendigkeit vor die Unglücklichen hintritt und die Sklavenpeitsche schwingt. — Ein ganzes Leben voller Arbeit und dafür ein Lohn, der im besten Falle hinreicht, nicht sterben zu lassen — niemals, um leben zu lassen, leben wie es eines Menschengeschöpfes würdig, daß es inne werde dessen, was es ist und was es soll. — Solchen Thatsachen gegenüber nun eine Welt, in der das Ungefähr des Augenblicks alles, die Arbeit nichts zu schaffen scheint; Reichthümer, die spielend erworben scheinen, man weiß nicht mit welchen Mitteln, mit welchem Recht! Da sieht man eine Jammergestalt an Geist und Körper, die unfähig ist, theilzunehmen an jeglicher tüchtigen Arbeit der Gesellschaft, sei das nun ein Handwerk oder eine Kunst, der Beruf eines Gewerbes oder eines Amtes — zum Nabob emporgeschossen in wenigen Jahren durch das Glück der Börse! Wer bringt das in Einklang, oder giebt es hier überhaupt einen Einklang? Dort allein die Qual, hier allein der Gewinn; dort die Arbeit ein Gefängniß für Lebenszeit, hier die Mühe nie gekannt, ihre Fesseln abgeworfen und ein Lohn, wie keine Arbeit ihn gewährt! —

Diese Gegensätze sind da und es ist vergeblich sie zu leugnen. — Wir können freilich nicht anders, als die Bedeutung der Spekulation in der Volkswirthschaft nach ihrem Werthe anzuerkennen und wir haben oben gesehen, was sie leistet; aber das darf uns nicht blind machen gegen jene menschliche Seite der Frage, die mit Recht sich täglich erhebt und keineswegs erledigt ist. Wenn jene Reichthümer der Börse das Resultat gescheiter Spekulationen sind, so wird man im Allgemeinen sagen müssen: wer dies leistet, erwirbt mit Recht seinen Lohn; jeder Andere mag es ihm nachthun, der die gleichen Fähigkeiten besitzt: es ist eine intellectuelle Thätigkeit eigenthümlicher Art, die hohen Lohn bringt, wie manche andere, und so lange wir die Welt nicht in Fourier's phalanstère sperren, wird es dabei bleiben, daß die selteneren wirthschaftlichen Fähigkeiten und Leistungen höheren Ertrag bringen als die gemeinen. — Es fragt sich aber, sind in den wirklichen individuellen Fällen die Gewinne regelmäßig die Folge scharfblickender Spekulation; war die Intelligenz des Gewinnenden immer eine höhere als die des Verlierenden, hat jener nothwendig besser, weitaussehender berechnet als dieser? Wir antworten darauf: Nein. Es mag einer neun und neunzig Momente richtig erwogen und darauf seine Spekulation begründet haben; ein einziges, hundertstes, das er nicht erwartet, nicht hat erwarten können, führt den

entgegengesetzten Erfolg herbei, und ein Anderer, der nichts von
alledem, weder die neun und neunzig Gründe noch den hundert-
sten, erwogen, mag gewinnen, was jener verliert. Wenn die äu-
ßeren Verkehrsmittel und die weiterblickende Einsicht mehr und
mehr die Anzeichen des Kommenden zum Verständniß bringen, so
wächst andererseits beständig das Maß dessen was zu überblicken
ist; mit der Erweiterung der internationalen Beziehungen mehrt
sich die Zahl der einwirkenden Verhältnisse für jeden gegebenen
Ort. Und so behauptet hartnäckig und unüberwindlich der blinde
Riese, der Zufall, sein Reich — hier wird ihm ein Stück ge-
nommen, dort wächst ein anderes hinzu: nach seiner Laune wirft
er dem unwürdigen Glückspilz Schätze zu und läßt den Besseren
mit leeren Taschen hingehen. Hier, in der Macht dieses Herr-
schers, liegt eine wunde Stelle; mag die Macht auch keine absolute
sein, aber ihre Beschränkungen vermögen weitaus zu wenig; es
bleibt am Ende nur ein Schein-Constitutionalismus, ein ge-
brechlicher Zustand des öffentlichen Rechts; die Kammerreden
werden im besten Falle angehört, aber selten beachtet.

Und die Fähigkeiten selber, die in beharrlicher Uebung dem
Spekulanten dienen, ihm den Blick öffnen — die eigenthümliche Intelligenz, die ihm unter seinesgleichen den Ruf erwirbt,
er spekulire gut, er sei ein tüchtiger Spekulant? Wie steht es
damit? Ohne Zweifel mag sich auf diesem Gebiete, wie anders-
wo, Geist und Wissen Geltung verschaffen; gewiß kommen Fälle
vor, wo ein geschickter und erfolgreicher Spekulant auch ein
einsichtsvoller, tüchtiger Mensch ist; aber es ist weitaus die
Minderzahl. Nicht nur daß in dem Handel der Börse die
Schattenseiten alles Handels in den häßlichsten Gestalten hervortreten und damit ein Zerrbild menschlichen Treibens sich dar-
bietet wie sonst nirgends im Verkehr; es scheint oft auch ge-
radezu, als seien hier Fähigkeiten, Fertigkeiten die nützlichsten,

die sonst in keiner Weise menschlicher Bildung eigenthümlich — als komme auf diesem Felde eine besondere Qualifikation in Betracht, die mehr mit dem Spürsinn der Thiere als mit dem menschlichen Intellect gemein hat; eine instinktive Belauschung des Kommenden und die Zuspitzung aller Sinne auf diesen Einen Punkt, ähnlich wie wohl die Hunde ihren Geruch schärfen und weit sicherer riechen als irgend ein Mensch: der Mensch hat mancherlei Anderes, dem er seinen Geist zuwendet, der Hund wird nicht durch erhebliche sonstige Interessen von dem Einen Zwecke abgezogen. — Es ist begreiflich, wie der beständige Wechsel der Nachrichten, der in einem Tage, in wenigen Stunden oft vielfach verschiedene Anregungen giebt, die Leidenschaften unabläſſig wach erhält, hier die Stimmung steigert, dort sie herabdrückt; wie die entgegengesetzten Interessen und Affekte hart aufeinander stoßen, das Zusammentreffen der Gegensätze um so ungefesselter von der Leidenschaft bestimmt wird, je unbedeutender der geistige und sittliche Fonds der betheiligten Persönlichkeiten ist. Was muß das auch für ein Leben sein, in welchem Tag und Nacht der eine Gedanke, die eine ungeduldige Angst, das eine unaufhörliche Erharren der neuen Kurse den ganzen Seelenzustand bedingen — ein fortwährendes Fieber der Aufregung, ein Dasein gewiß nicht beneidenswerth!

So zeigt sich Börse und Spekulation in den großen Mittelpunkten der Gegenwart, in London, Paris, Wien, Berlin u. a. Orten — nicht blos in außerordentlichen Augenblicken, sondern täglich und unabänderlich, hier etwas ärger, dort leidlicher; hier die ganze Gesellschaft hineinziehend in ihren Kreis, wenigstens die ganze „gute Gesellschaft", so in Paris, dort etwas abgelegener und mehr beschränkt auf bestimmte Kreise der Geschäftswelt. — Die Hauptstadt von Frankreich hat einen alten traurigen Ruf in jener Richtung, und die Thatsachen des zweiten Kaiserreichs haben ein nicht Geringes dazu beigetragen. Mit der Societät des Crédit Mobilier ist im Jahre 1852 ein Institut ins Leben getreten, das im Grunde keinen andern Inhalt hatte, als die Spekulation auf's heilloseste zu übertreiben, verwerflich im Prinzipe, in der Ausführung aber mit dem schweren Verdacht arger Mißwirthschaft und Veruntreuung beladen — nach kaum fünfzehn Jahren, trotz höchster Protektion, dem Schicksal der Fäulniß verfallen, deren Keime es von Anfang in sich trug. — Hier darf, hier kann, hier soll die Staatsgewalt dazwischen treten, und daß nichts von alledem geschehen ist in Paris, ja daß man solch ein Institut befördert hat, das ist ein schlimmer Vorwurf für die Regierung dort.

Es fragt sich aber, kann die Gesetzgebung gegen den regelmäßigen Gang der Börse in den alltäglichen Aeußerungeu ihres Verkehrs etwas leisten, kann eine andere Gestaltung innerhalb der Börse an den gegenwärtigen Zuständen etwas bessern?

Daß Verbotsgesetze gegen die Differenzgeschäfte erlassen werden, können wir nach dem, was wir uns oben klar gemacht haben, schwerlich verlangen; es liegt auch eine sattsam ausgedehnte Erfahrung vor, daß solche Gesetze den erwarteten Erfolg gar nicht gehabt, ja nur noch geschadet haben. Die preußische Regierung selber hat im Jahre 1860 den Antrag zur Abschaffung der früher erlassenen Verbote den beiden Häusern des Landtages vorgelegt und diese nahmen ihn mit allseitiger Zustimmung an. Die bei jener Vorlage entwickelten Motive sind vortrefflich dargelegt und fallen theilweise zusammen mit der von uns vorhin gewonnenen Einsicht in die Funktionen der Spekulation und der Börsen vermöge der gedachten Formen. Man hat ähnlich in fast allen Ländern Versuche auf dem Wege der gesetzlichen Verbote gemacht, aber allenthalben umsonst; die Gesetze bestehen in manchen Staaten — auf dem Papiere — noch heute;

in den meisten hat man sie aufgehoben. Die Vereinigten Staaten von Nordamerika erließen im Jahre 1864 strenge Verbote gegen die Differenzgeschäfte mit Gold, sie drohten schwere Geldbußen und Gefängniß an — nach wenigen Monaten waren die Verbote aufgehoben. Und es ist erwiesen, an diesem Punkte ist der Schritt zur Besserung der Mißstände nicht zu thun, wenn überhaupt ein solcher Schritt zu thun ist. Die Frage ist falsch gestellt, wenn es heißt: „Sollte man nicht die Differenzgeschäfte unterdrücken?" Sie muß lauten: „Welche Einrichtungen sind geeignet, die Schäden zu heben, die im Zusammenhange mit der besondern Art der Börse, der Spekulation und ihrer eigenthümlichen Geschäfte stehen, und die in diesem Gebiete des Handels stärker hervortreten, als in einem andern?" und daran knüpft sich dann die weitere Frage: „Was hat hier der Staat und was hat der Stand selber zu thun?"

Wenn die Handwerks- und Handelszünfte in ihrer Zeit einen sittlichen Werth besaßen, und wenn die Auflösung derselben nach dieser Seite eine Lücke gelassen hat, die noch ihrer Ausfüllung wartet: so tritt dieser Mangel heute am entschiedensten an den Punkten hervor, wo eine besondere Intensivität des Interesses, des Eigennutzes, die anderen menschlichen Triebe in den Hintergrund drängt und ein freies rücksichtsloses Spiel hat, nicht achtend die Pflichten, die daneben stehen. Ohne Zweifel ist nun in der absoluten freien Konkurrenz der Börsen jene rücksichtslose und entfesselte Bewegung der Interessen in dem höchsten Maße gegeben, und wenn eine Organisation in unserer Zeit dringend noth thut, so ist hier ein Feld, das ihrer vor allem bedürftig ist. Die Wiederbelebung der Kaufmannsgilden liegt hier freilich fern; aber der Gedanke, auf dem Grunde eines gemeinsamen Standesbewußtseins eine corporative Geschlossenheit herbeizuführen, ist darum nicht minder bedeutsam für unsere Gegenwart. Je leichter die heutigen Verhältnisse des Verkehrs und des Kredits die Einzelnen gleich Atomen hin- und herwerfen, je leichter zumal die Betheiligung an den Geschäften der Börse nach ihrer Natur für den ersten besten möglich ist: um so fester sollte sich der Kreis schließen, um so strenger sollte das Auge des Standes über alle Einzelnen wachen. Es fehlt nicht an guten Elementen unter denen, welche die Börse besuchen, es mögen auch manche vortreffliche Männer darunter sein: diese werden am tiefsten das Widerstreben empfinden, sich alltäglich zu mischen unter eine Menge von unberufenen, geistig und sittlich niedrig stehenden Menschen, die hier Geschäfte treiben. Darunter sind Viele, die in mannichfaltigen Unternehmungen gescheitert, zuletzt — wenn sie alles verloren außer der Hoffnung, noch einmal reich zu werden oder doch leichten Gewinn zu machen — an der Börse ihr Glück versuchen, das denn freilich oft genug trügt. Es steht Niemandem ein Hinderniß entgegen, alle beliebigen Geschäfte an der Börse zu machen, wenn es ihm ein jährliches Eintrittsgeld von wenigen Thalern lohnt — so ist es wenigstens heute in Berlin. Sollten sich hier nicht die einwirkenden Bemühungen der Staatsregierung mit den Wünschen der besseren Männer der Börsenkaufmannschaft verbinden und darauf hinzuwirken suchen, daß eine Umbildung der bestehenden Zustände vorgenommen, eine Corporation mit corporativem Geiste geschaffen werde, die streng und gerecht über ihre Mitglieder wacht nach den Prinzipien, die dem Urtheil aller Gebildeten und Gesitteten entsprechen? Sie müßte keinen zu dem Ihrigen machen, der nicht in dieser Thätigkeit, wie sie ja an sich nothwendig und nützlich ist, so gut wie in jeder andern, Achtung und Anerkennung als ein förderndes Glied der besonderen und der gesammten Gemeinschaft verdiente; wer aber, nachdem er einmal der Corporation angehört, sich der ferneren Zugehörigkeit unwürdig erweist, müßte durch das Urtheil der besten und gerechtesten seiner Genossen gerichtet und entfernt werden. Selbstverständlich müßte mit Strenge darüber gewacht werden, daß außerhalb der Börsencorporation keine Geschäfte der Art getrieben würden.

Liegt hier eine besondere sittliche Anforderung an die Qualifikation des Zuzulassenden vor, ist die Gefahr des Börsenhandels für den Menschen und sein ganzes Wesen eigenthümlich dringend, so ist es in gleicher Weise berechtigt, die Probe sittlicher Fähigkeit an dem Maßstabe des Urtheils der einsichtigen und tüchtigen Standesgenossen zu fordern, wie für wissenschaftliche oder amtliche Befähigung eine Prüfung verlangt wird. Erst hierdurch, durch eine innere Umgestaltung der jetzigen Börsen in der angedeuteten Richtung, möchte Aussicht auf eine Beförderung des sittlichen Einklanges sein, der bis heute noch fehlt, zwischen der Börsenspekulation und der Arbeit der Gesellschaft.

———

Wir möchten nicht schließen, ohne einen Blick zu werfen auf die Geschichte jener Spekulationen, deren Natur wir betrachtet, namentlich auf den Ursprung des Papierhandels. Staatsanleihen scheinen nicht die ersten Gegenstände desselben gewesen zu sein; vielmehr waren es wohl die Actien der im Jahre 1602 begründeten Holländisch-Ostindischen Compagnie, welche bereits in dem ersten Jahrzehnt des siebzehnten Jahrhunderts die lebhaftesten Spekulationen veranlaßten; es traten dazu sehr bald auch die Actien der Westindischen Compagnie. Die Schwankungen ihres Werthes waren nothwendig bedeutend, da die einwirkenden Nachrichten von weither, selten, oft kaum verläßlich, eintrafen, Vermuthungen und Gerüchte ein großes

Feld fanden, und die Neigungen der Zeit ohnehin auf gewagte, weitaussehende, in die Ferne über's Weltmeer schweifende Unternehmungen sich richteten. Schon damals erscheinen Verbote der Generalstaaten, das erste ist vom Jahre 1610, das zweite vom Jahre 1621, um den Actienhandel auf Zeit zu unterdrücken; das Motiv hiefür ist freilich nur das staatliche Interesse an dem Steigen des Kurses; man hatte bemerkt, daß häufig Verkäufe von Actien stattgefunden, die der Verkäufer gar nicht besessen. Bei strenger Strafe werden diese „unwürdigen Mittel" im Interesse des „Staates, des Krebits der Compagnie, sowie der Witwen und Waisen, die daran betheiligt sind", verboten.

In die unmittelbar darauf folgende Zeit fällt die Episode des wunderlichen Tulpenschwindels. Die Tulpen haben vor Zeiten eine größere Rolle in der eleganten Welt gespielt, als in unsern Tagen. Sie waren um den Beginn des siebzehnten Jahrhunderts aus dem Orient zuerst nach Europa gebracht; die Neuheit, die Seltenheit, die Mannigfaltigkeit der Farben machte sie zu einem Liebling der französischen Mode und zu einem Hauptgegenstande des Luxus; man zahlte in Paris Hunderte, ja Tausende von Thalern für eine leicht verwelkliche Tulpe, um sie einer Dame zu verehren, die sie dann an den Busen steckte. Noch im achtzehnten Jahrhundert zahlte man in Harlem für eine einzige Tulpenzwiebel mehrere hundert Thaler und landläufig ist dort die Anekdote von dem Matrosen, der sein Frühstück mit ein paar tausend Gulden in Gestalt von solchen Zwiebeln würzte, ohne zu ahnen, was für Schätze er da verschlang.

Die Höhe dieser Tulpen-Liebhaberei fiel in die letzten dreißiger Jahre des siebzehnten Jahrhunderts. Es wurde mit einem Male in Holland aller Orten fixe Idee, an Tulpen reich zu werden; man zahlte im Winter 1636 ein paar Monate lang

unfinnige Preiſe, alles auf Lieferung in dem Frühjahr; da waren
Leute aus allen Ständen, davongelaufene Handwerker, Land⸗
leute, Tagelöhner, die thaten ſich in einer Schenke zuſammen
und handelten um Tulpen. Es war ein Schwindel, der nicht
lange dauern konnte; mit einem Male war er zu Ende. —

Dieſe Erſcheinung iſt eine ganz abſonderliche, in ſolcher Weiſe
nirgend wiederholt. Bei den neueren Actienſpekulationen hat man
wohl öfter an jenes Beiſpiel erinnert; an Verblendung und Un⸗
ſinnigkeit iſt es aber ſchwerlich von einer derſelben je erreicht wor⸗
den. Eher iſt damit zu vergleichen die Projektenwuth der Zeit
John Law's. Law fand bekanntlich im zweiten Jahrzehnt des acht⸗
zehnten Jahrhunderts in dem Paris der Regentſchaft bereiten Bo⸗
den für extravagante Finanz⸗ und Creditpläne. Die Neigungen der
Zeit waren ihm dermaßen günſtig, daß nicht blos in Frankreich,
ſondern namentlich auch in England und Holland eine wahre
Spekulationswuth entſtand. Bis in die höchſten Kreiſe drang
jene Manie und es war nicht der ſtark parfümirte Hof des
Regenten allein, auch die vornehmen Kreiſe Londons waren tief
in die Spekulationen verwickelt, welche das Jahr 1720 be⸗
zeichnen. Die Gegenſtände derſelben waren Actien zu allen
möglichen Unternehmungen und zu vielen unmöglichen; ſie
verſchwanden bald, aber der Handel mit den Staatspa⸗
pieren wurde damals ein regelmäßiges Geſchäft. In Eng⸗
land legte bereits die Regierung Wilhelms III. den Grund
dazu. Glorreich wie die Revolution und ſegensreich wie Wil⸗
helms Regiment für den Staat ſein mochte, die Finanz⸗
lage wurde eine äußerſt bedrängte. Ein Schriftſteller der
Zeit klagt: „die Regierung erſcheint wie ein in Noth gerathener
Schuldner, der durch die unmäßige Gier des Darleihers aus⸗
gepreßt wird und ausgeſogen zum Tode. Die Bürger geben
ihr Gewerbe auf und werden Wucherer; ſie ziehen ihre Kapi⸗

·talien aus den Unternehmungen und borgen lieber der Regie-
·rung das Geld." —

In London entwickelte sich der Staatspapierhandel, das
Stockjobbing, um die Mitte des achtzehnten Jahrhunderts zu
bedenklicher Höhe. Verbote waren auch hier, das erste bereits
1734, erschienen, freilich ohne Erfolg. In Frankreich erwei-
terte sich gleichfalls während des achtzehnten Jahrhunderts der
Verkehr mit den Staatseffekten. Ein Staatsrathsbeschluß vom
Jahre 1724 galt der Unterdrückung der „Agiotage". Die Regierung Ludwigs XVI. zeigte sich besonders eifrig, in Erinne-
rung daran neue Verbote zu erlassen, die um so ohnmächtiger
wurden, je höher die Finanznoth stieg. Beim Herrannahen der
äußersten Bedrängniß schleuderte Mirabeau eine seiner glänzend-
sten Schriften, die Dénonciation de l'Agiotage, nach Paris
zurückkehrend 1787 dem Donner seiner Reden wie einen Blitz-
strahl voraus. Es folgten später darauf die Dekrete der
Schreckenszeit. —

In Deutschland ist während des ganzen vorigen Jahrhunderts kaum eine erhebliche Erscheinung der Börsenspekulation
zu bemerken; erst gegen Ende desselben scheint die Berliner Börse
sich zu entwickeln, um dann in den ersten Jahrzehnten dieses
Jahrhunderts einen lebhafteren Aufschwung zu nehmen.

Der lange Krieg, der die beiden Jahrhunderte scheidet, hinter-
ließ allen betheiligten Staaten eine schwere Schuldenlast, namentlich Frankreich selber. Die Masse der neu contrahirten Kriegsan-
leihen und Kriegskostenanleihen vermehrte um ein Bedeutendes
das Material des Börsenhandels. Allmälig traten hinzu die neueren Creditpapiere, namentlich die Antheilscheine der Eisenbahnen
und industriellen Unternehmungen. Der ländliche Grundcredit
war schon seit den letzten Jahrzehnten des vorigen Jahrhunderts
durch die Pfandbrief-Institute in Deutschland, namentlich in

Preußen, zum Gegenstande des Handels gemacht worden. Der städtische Bodencredit ist noch heute im Wesentlichen der Börse fremd und die neueren Institute, welche diese Vermittelung beabsichtigen, haben nur wenig bisher leisten können. —

Die Kapitalsummen, welche durch die Creditpapiere unserer Börsen repräsentirt werden, mag man daraus angedeutet nehmen, daß z. B. die Pfandbriefe der Preußischen Provinzen sich allein auf nahezu zweihundert Millionen, die Actien der Preußischen Eisenbahnen, die nicht vom Staate gebaut sind, sich auf vielleicht vier- oder fünfhundert Millionen Thaler belaufen; die Preußischen Staatsanleihen betragen mehr als zweihundert Millionen Thaler. Alle diese Papiere sind zum weitaus größten Theile im inländischen Besitz. Dazu aber treten die mannigfaltigen andern, vornehmlich Antheilscheine der Banken, Obligationen der Eisenbahnen, und in erheblichem Umfange die Menge der ausländischen Staats-, Eisenbahn- und Industriepapiere. So mag die Börse von Berlin das Centrum für eine Kapitalanlage von einigen tausend Millionen Thalern sein. Viel höhere Summen werden durch die Börsen von London, Paris, Wien, New-York vertreten. Die Englische Staatsschuld beträgt rund fünftausend Millionen, die Actienunternehmungen sind dort weit verbreiteter und ansehnlicher als bei uns.

Wir verzichten auf die weiteren Zahlen; die Fluth der Millionen möchte uns verwirren oder berauschen. Mit all' seinem Reichthum aber ist unser Jahrhundert noch weit entfernt von dem Ziele, das für alle ein menschenwürdiges Dasein will; und sehen wir um uns, wie viel daran noch fehlt, so müssen wir mit Demuth bekennen: Mit allen Schätzen sind wir erst am Anfange — nicht am Ende. —

Druck von Gebr. Unger (Th. Grimm & F. Maaß), Berlin, Friedrichsstraße 24.
(Preßpolizeilich verantwortlich: F. Maaß.)